AF340214

RÉPONSE

A LA QUESTION

OU EN SOMMES-NOUS?...

PREMIÈRE LETTRE

D'UN

FERMIER

A M.

Le Docteur VÉRON.

PRIX : 50 CENTIMES.

PARIS

CHEZ LEDOYEN, ÉDITEUR

PALAIS-ROYAL, GALERIE D'ORLÉANS, 31.

1857

LETTRE

D'UN FERMIER

A

M. LE DOCTEUR L. VÉRON

Monsieur Véron,

Ma grand'mère, qu'on appelle habituellement chez nous Mère-grand, étant la plus vieille de tout le pays, a une passion pour la lecture; à peine y voit-elle encore assez pour faire tourner son rouet et filer le chanvre de nos récoltes; elle ne peut donc s'abandonner à son goût; mais elle aime beaucoup entendre lire; elle — qui a tant vu, que c'est un livre en chair et en os — ne cesse de s'occuper de tout ce qui se passe à la campagne et à la ville. Elle a maintenant quatre-vingt-dix-sept ans. Elle a la mémoire fraîche, l'esprit vif, et toutes ses facultés, comme une femme de quarante ans.

Élevée avec une grande dame du siècle passé, elle
a plus d'instruction que n'en ont ordinairement, dans
nos campagnes, les jeunes filles destinées à épouser
un fermier. Elle prétend avoir des notes curieuses
sur plusieurs *beaux* du règne de Louis XVI, et même
sur quelques *incroyables* de la république. En un
mot, si c'est la plus vieille, c'est aussi la plus sa-
vante du pays. M. le curé ne se sent pas de force
à lui tenir tête, et quant à M. le notaire, elle lui
en remontre plus souvent qu'il ne le voudrait.

Je vous disais donc que Mère-grand a une passion pour la lecture ; elle veut toujours les derniers
livres parus ; et pour les acheter, elle n'est jamais
économe. Enfin, abonnée au *Constitutionnel* depuis
plus de vingt ans, elle vous regarde comme une an-
cienne connaissance. Elle a approuvé avec enthou-
-siasme vos articles sur l'élection Présidentielle ; elle
faillit briser son vieux fauteuil, en bondissant de
joie, à la vue des *Mémoires d'un bourgeois de
Paris*. Elle ne voulait plus nous laisser prendre
de repos, lorsque nous lui lisions, ma sœur Mar-
guerite et moi, *Cinq cent mille francs de rente*,
et, enfin, elle était aux anges quand l'autre jour je
lui ai apporté votre dernier livre : *Où en sommes-
nous ?*

Si je lui avais dit : Mère-grand, notre récolte est
doublée, nos moissons donneront dix fois leur pro-

duit ordinaire, nous aurons cent fûts de cidre, au lieu de dix, elle aurait été moins contente !

Le soir à la veillée, après le repas, quand bêtes et gens ont eu leur boire, leur manger et les soins ordinaires, après m'être assuré que tout était en ordre dans l'écurie, l'étable et la basse-cour, je commençai la lecture de votre livre : c'était donc ce soir-là fête à la ferme !

J'ai lu pendant la première veillée, Margot a lu le lendemain, — Mère-grand n'avait rien dit tout le temps de la lecture — ordinairement elle hoche la tête, marmotte quelques phrases ou accélère le mouvement de son rouet, ce qui est une marque invariable d'impatience. Je fermai le livre et lui demandai si elle était contente.

— Mon gars (me dit-elle), ces gens de la ville croient tout savoir. *Cela* n'a jamais vu lever le soleil, et *cela* explique comment il dore la montagne; *cela* n'a jamais battu une gerbe, semé un champ, fumé un pré, gouverné un troupeau, élevé des mouches à miel, vu un marché, et *cela* parle d'agriculture, de récolte, de moissons, de blés, de gouvernement et de toutes ces choses qu'ils devraient savoir et qu'ils n'ont jamais apprises. Je veux donc, mon gars, avant de mourir, écrire à M. Véron et lui dire un peu ma façon de penser. C'est un homme d'esprit. Eh bien, il recevra avec plaisir les réflexions d'une vieille femme, et ne se fâchera point.....

Mets-toi là, et écris !

J'ai eu beau dire à Mère-grand que cela n'était pas convenable, que vous ne la connaissiez pas, qu'elle était trop âgée pour se mêler de ces choses, qu'elle allait se tourmenter, et qu'enfin je n'oserais jamais vous envoyer sa lettre..... elle n'a rien voulu entendre, et m'a déclaré que le maître d'école de la commune, voire même M. le curé, seraient charmés de lui prêter le secours de leur plume, qu'ainsi j'eusse à me décider. Vous savez ce que c'est que les vieilles gens, lorsqu'ils s'obstinent sur une idée? Mes observations sont restées sans résultat, Mère-grand le voulait, et comme depuis quatre-vingts ans elle fait sa volonté, j'ai dû me soumettre. Voici donc, Monsieur, ce qui me procure l'honneur, moi, fermier de mon état, tranquille et ennemi du bruit, de vous écrire. Prenez-vous-en à Mère-grand et ne m'en veuillez pas; c'est Elle qui parle.

Mère-grand vous fait d'abord un grand reproche, monsieur Véron : c'est celui d'avoir rempli votre livre de la liste de tous les membres du Sénat et du Corps Législatif. Nous avons trouvé ces détails dans les almanachs que le père Leblanc, le colporteur de la contrée, vient chaque année vendre au pays. Elle vous passe le reste sur les divers événements saillants de l'histoire des cinq dernières années auxquelles vous faites allusion. « Tout de même, dit-elle, nous savons cela aussi; et il ne nous apprend rien de nouveau sur le mariage de l'Empereur, la naissance du Prince Impérial et la guerre d'Orient.»

Mais je veux vous faire grâce des réflexions de grand'mère, fort peu charitables quelquefois. Elle m'a autorisé à vous communiquer ses idées, ses opinions, sans vous envoyer le texte même de ses lettres. Je profite volontiers de cette latitude, qui, en me permettant d'abréger, me donne la facilité de retrancher les longueurs, et les petites aigreurs si fréquentes au bout de la plume des vieilles gens, lorsque quelque chose les contrarie. . . . .
. . . .
. . . .
. . . .

La question qui nous intéresse le plus, à la campagne, est celle des **impôts**; c'est justement celle que vous effleurez dans votre livre, sans la vider. En ceci, vous ressemblez à tous les gens de la ville, esprits forts, hommes instruits, économistes, savants, qui écrivent de belles théories et de très-belles pages en vérité; mais ces pages et ces écrits sont faits et lus par des savants comme eux, et par ces derniers seuls ils peuvent être compris. Pour nous, bons fermiers, cultivateurs, et pour d'au-

tres, gens de peu d'importance, qu'il faudrait chercher à convaincre, on n'écrit point. Les questions
qui intéressent le plus, restent dans les régions éle-
vées. De l'impôt, nous ne connaissons que le bor-
dereau du percepteur; de la liberté commerciale,
que les faux bruits accrédités et popularisés par les
monopoleurs.

Pensez-vous que des petits livres bien simples,
bien clairs, bien nets, à la portée de l'intelligence
de la pluralité, ne vaudraient pas mieux, pour
populariser ces grandes questions, que ces beaux
articles de *Revues,* si érudits, si savants? Il m'est
avis qu'il faudrait le pain noir de l'intelligence
comme il y a le pain noir du pauvre. L'opinion se
formerait ainsi; un impôt qui paraît injuste quelquefois, à la majorité, serait considéré comme équitable. Les agents du gouvernement y gagneraient en
popularité, le peuple en raison. Le percepteur est,
aujourd'hui, la bête noire de nos campagnes; le fisc
est l'épouvante de tous; et quand on peut frustrer le
gouvernement, tromper le percepteur, faire une
niche au fisc, c'est une bonne œuvre, qu'on irait ra-
conter au prône, si l'on ne craignait la loi sous
l'uniforme d'un gendarme.

Vous dites que tous les grands corps de l'État ont
fait leur devoir.

— Qui en doute?

— Personne! On sait partout que Messieurs du Conseil d'État travaillent et travaillent bien. On sait que Messieurs les Députés sont tous d'honnêtes gens, qui désirent le bien du pays et ne se contentent pas d'un habit galonné, d'être appelés Monsieur le député, et de se prélasser dans la douce quiétude de gens qui n'ont rien à faire. Mais en Province on sent à peine cette bonne influence; elle s'étend fort peu loin, et c'est là le grand défaut!

Supposez maintenant un **vœu**, un seul **vœu** émis par un député, celui d'une meilleure assiette de l'impôt, d'une modification dans la répartition de cet impôt? Croyez-vous que le gouvernement ne prendrait pas ce vœu en considération?...

Nous en sommes persuadés, nous autres à la campagne. Mais il y a tant d'intérêts en jeu qu'il lui faut à lui, gouvernement, l'appui réel, certain, positif, de l'opinion publique, opinion sur laquelle il s'est toujours appuyé, et qui ne lui fait pas défaut, quand il veut la consulter.

Depuis vingt ans, et depuis sept ans surtout, voyez donc les progrès immenses accomplis dans l'industrie. Quel développement merveilleux de la fortune publique!

Et pourtant, quel progrès a-t-on fait dans la répartition de l'impôt?.....

Aucun.....

Il y a là-dessous une injustice, et je vais vous le prouver, aussi bien qu'un pauvre fermier le pourra, en parlant d'une chose qui lui est peu familière. C'est une anecdote.

M. Adolphe est un gars qui est parti du pays, il y a quelque vingt ans, léger d'argent et d'esprit. Il avait pour toute fortune un bon petit visage avenant, pas d'instruction, et beaucoup d'adresse à faire la barbe. Il était perruquier, comme on appelait cela il y a cinquante ans, coiffeur, comme on dit maintenant au chef-lieu du département.

Il partit pour aller non pas chercher fortune, mais pour vivre ; la barbe à cinq centimes ne lui procurant pas le nécessaire. Après maintes péripéties, M. Adolphe arrive à Paris, trouve une place dans une bonne maison, est lancé dans la haute clientèle, prend la suite des affaires de son patron, gagne un peu d'argent, se jette dans une spéculation, double et triple sa fortune, abandonne le rasoir et le peigne, devient un Monsieur d'importance, et se retire enfin chez nous, où il promène sa gloire, son génie, et ses rentes. Mais ce qui nous étonnait, Nous, dans le pays, habitués que nous sommes à nous attacher à la terre, pour laquelle nous avons des tendresses de père et des respects de fils, c'est que M. Adolphe se contentât d'une maisonnette bien simple et de deux arpents de terre, pour cultiver quelques légumes.

Cela nous étonnait tant, qu'un beau jour, moi, ami d'enfance de M. Adolphe, je lui demandai pourquoi il n'achetait pas une belle ferme, des vaches, des moutons, des porcs, etc...

Mon garçon, me dit M. Adolphe en me tutoyant, — il nous tutoie tous, M. Adolphe, depuis qu'il est devenu bourgeois, et nous, nous n'osons plus le tutoyer, nous l'appelons, Monsieur, gros comme le bras, nous le saluons très-respectueusement, et lui, nous salue de la main très-amicalement, avec un bon sourire, en nous disant : Bonjour, bonjour, gros père ou gros Jean, suivant l'âge. — Donc, M. Adolphe me dit : Mon garçon, tu n'es pas fort, je vais te démontrer clair comme le jour qu'avec ta ferme, tes vaches, tes moutons, tu *t'échignes,* tu es toujours sale, tu n'as pas de repos ni nuit ni jour, ni fêtes ni dimanches, ni hiver ni été, et que moi, je vis tranquillement, doucement, sans craintes et sans soucis.

Suppose qu'il pleuve pendant un mois, te voilà en peine pour tes semailles, ou pour le hersage, ou pour tes moissons, ou pour tes récoltes. — Suppose qu'il fasse sec trop longtemps, les labours sont difficiles, la terre *a soif,* comme vous dites, vous autres ; te voilà en peine pour la pluie, en peine pour le beau temps. — Qu'il fasse un peu trop froid ou un peu trop chaud, tu es toujours

chagrin. — Mais admettons que le temps te serve
au gré de tes désirs : tu as eu tout juste la pluie et
le soleil à souhait, tout va bien. Tu travailles, la-
boures, herses, cultives, sèmes, récoltes, mois-
sonnes, mets en grange, fais le battage, tu as un
bon rendement; — il n'y a pas eu d'épizootie : ton
troupeau s'est augmenté, ta truie a eu des portées de
douze, tes poules ont été fécondes, tes vaches t'ont
donné quatorze *pintes* de lait, tes chevaux sont en
bon état... enfin tout va le mieux du monde; tu es
aux anges. — Tu comptes vendre tes blés à un certain prix, tes pommes de terre à un autre; mais
l'abondance étant générale... tu vends tes produits
moins cher. Je te parlerai plus tard du marché;
maintenant continuons : enfin tu réalises; tu payes
ton loyer, tu payes la main-d'œuvre, tu payes les
garçons de ferme, les filles de basse-cour, tu payes
surtout les réparations à tes instruments aratoires,
toujours si faciles à se disloquer et si généralement
mauvais en France; quand tu as tout payé, il t'arrive l'impôt, le gros impôt, des portes, des fenê-
tres, de la terre, et ensuite l'impôt communal, les
chemins vicinaux, les prestations, l'église, l'école,
les chiens, la personnelle, enfin une litanie, quoi!...
qui ne finit plus! sans compter les assurances. Et
ton temps! Chaque journée de marché, journée
blanche pour le travail. Tu ne surveilles pas les

hommes, ils labourent un tantinet moins, ils sèment moins régulièrement, ils battent avec moins d'ardeur ; si bien que, tout compte fait, la journée au marché coûte toujours plus qu'on n'y gagne. — Tout cela n'est rien encore, mais l'hiver, tu es dans la neige, à la pluie, au vent, à l'humidité : l'été, au soleil, à la poussière ; tu te lèves tôt, tu te couches tard ; tu dors d'un œil ; tu travailles comme un nègre, tu te nourris comme un esclave, et tu t'habilles le plus modestement, mais le plus grossièrement possible ; et tu arrives à la fin de l'année à joindre les deux bouts..... quand tu as eu de la chance.

Si tu es marié, tu as eu de la famille, les pauvres gens en ont toujours ; tu élèves tes marmots qui barbotent avec les canards ; tu travailles, tu pioches toujours, toujours, jusqu'à un certain âge ; quand tu y arrives, alors, tu es courbé, cassé, démoli, décrépit, bon à rien qu'à mourir, ce qui advient un beau matin. On te porte au cimetière du village, on met un peu de terre sur ta dépouille, une croix noire sur la terre qui te couvre... et tout est dit. Tes enfants recommencent !

Maintenant, à moi ! J'ai fait rapidement fortune, sans trop pâtir, à l'abri du froid et du chaud ; j'ai gagné de l'argent ; cet argent je l'ai mis en actions de bons chemins de fer, en bonnes valeurs indus-

trielles ; il me produit huit, dix et douze pour cent.
Mon bien est à l'abri de la pluie, du vent, de la ge-
lée. L'hiver rigoureux, l'été chaud, tout ce qui a tant
d'influence sur ton bien, n'en a pas du tout ou pres-
que pas sur le mien. Le fisc, je m'en occupe peu ; le
percepteur, je lui paye à peine deux écus. Mon bien,
je le porte, transporte, vends, change, à ma volonté,
moyennant un petit droit de courtage que je paye
à un Monsieur ayant carrosses et chevaux, hôtel à
la ville, maison aux champs, et qui fait toutes mes
affaires sans que j'aie à me déranger. Si je vou-
lais m'occuper, je pourrais encore gagner de quoi
vivre, en mettant de côté tout mon revenu. En
somme, avec la moitié moins de bien que toi, je
vis content, heureux, sans peines et sans soucis,
sans travail et sans déboires. Je vieillis doucement,
digérant bien, dormant mieux, et je meurs avec la
tranquillité d'une âme placide. — Après cette ha-
rangue, M. Adolphe me tourna les talons en me disant : Réfléchis si tu ne dois pas vendre ta ferme,
pour faire comme moi.

Je vous le demande, Monsieur, vous qui savez
tant de choses ; est-ce bien vrai tout ce que m'a dit
M. Adolphe, le coiffeur retiré ? Quoi !..... lui, avec
al moitié moins de fortune que moi, vit mieux,
tranquille, heureux, sans être utile à son prochain ;
consommant toujours, ne produisant rien ; tirant de

gros intérêts de son pécule, ne payant pas un centime au percepteur? Mais si cela est... alors c'est injuste : il me semble, à moi, pardonnez cette témérité à un pauvre cultivateur, sans instruction, il me semble **qu'il y a quelque chose à faire.**

Ne serait-ce pas juste, que la propriété mobilière soit imposée en proportion de la propriété immobilière? D'aucuns diront plus imposée; les avantages de celle-là sur celle-ci étant immenses, moi je dis autant, me contentant de l'équité sans vouloir dépasser le but.

Mettez en parallèle un de ces riches banquiers ou capitalistes, traitants, ou spéculateurs, ayant une fortune mobilière de dix millions, c'est peu, par le temps qui court, où les millions se remuent à la pelle et où du soir au lendemain on en récolte cinq, six, comme jadis cent écus de six livres; prenez d'autre part un riche fermier, ayant en prés, biens, terres, fermes, moulins, une fortune de 500,000 francs, *c'est le chiffre de votre roman, mais en rente* : pour ces 500,000 francs il paye des impôts au moins de 10 $^o/_o$. Et le riche capitaliste, le banquier, combien paye-t-il? *Rien, rien, encore rien,* comme dirait M. Émile de Girardin.

Ce n'est pas tout; le capitaliste, le banquier a besoin d'argent, il court à la Banque, il va au Comptoir d'escompte, et voire même chez un confrère; il dépose ses titres, on lui avance $^1/_2$, $^3/_4$ de la valeur, moyennant un intérêt de 4 ou 5 $^0/_0$, et une petite commission. Le plus souvent il fait cette opération pour avoir d'autres valeurs qu'il revend avec bénéfice, avec *prime*, comme on dit à la ville. Il paye sans gêne l'intérêt, il augmente sa fortune, et il échappe à l'impôt.

Mais que nous, à la campagne, nous ayons de mauvaises récoltes; que l'inondation ait endommagé nos terres; qu'une réparation à un mur, à une grange soit urgente, en un mot, que nous ayons besoin d'argent, que nous faut-il faire? Emprunter sur hypothèque! quand nous pouvons!... Et savez-vous, Monsieur Véron, tout ce qu'il faut de temps, de peines, de soin et d'argent pour faire hypothéquer son bien? Alors c'est le notaire, bien lent à vérifier les titres, ensuite les actes, les papiers timbrés, les honoraires, les droits, les intérêts, la commission, si bien qu'il faut en être réduit à la dernière extrémité pour en arriver là.

Croyez-vous, après cela, que la partie soit égale? Toutes les peines, toutes les difficultés sont d'un côté, tous les avantages et les bénéfices sont de l'autre. Aussi la population des campagnes tend de plus en plus à s'éclaircir. Un gars un peu intelligent ne veut plus labourer, travailler, s'échiner pour manger du pain noir et boire du cidre aigrelet, quand il en a. Il émigre, il s'en va à la ville, et fait tout ce qu'il peut bien ou mal, mais ne rentre pas au village, de crainte d'y crever de faim... Au village, il nous reste le garçon malsain, estropié, malingre, tranchons le mot, le *crétin*.

Quand la moisson arrive, nous voilà tous en quête de bras pour faucher, faner, botteler, mettre en grange. Tous ces travaux demandent à être rapidement faits, car la moindre ondée, le moindre mauvais temps, viennent le plus souvent détruire, dans l'espace de vingt-quatre heures, le travail et les espérances de l'année.

Aussi voyez donc comme la terre se vend mal; tous les propriétaires cherchent à s'en défaire. Les très-riches seuls, quand ils regorgent de millions, se donnent le luxe d'une ferme dans le but d'avoir des œufs plus frais et du beurre moins rance. Mais ceux qui ont peu ne peuvent plus s'accorder cet agrément, car la terre, cette nourrice de l'humanité, est devenue un luxe; elle donne $2\,^1/_2\,^0/_0$ quand elle est favorisée. Voyez donc ce que donnent les actions de l'Ouest, du Nord, de Strasbourg ou de la Méditerranée !

Ne croyez-vous pas maintenant qu'il serait juste, équitable, d'imposer un peu celles-ci pour dégrever la terre ? Les nouveaux impôts sont toujours difficiles à créer, disent les gens de la ville; et parce qu'il

y a des difficultés on ne doit pas chercher à les sur-
monter.

Pour nous, Monsieur, quand dans nos terres il
s'en trouve d'argileuses, de pierreuses, nous avons
bien des difficultés à faire passer la charrue; hommes
et chevaux suent sang et eau; mais nous y arrivons.
Il serait trop doux de n'avoir à labourer que les bons
morceaux de terre; les difficultés nous éprouvent,
et c'est toujours par là que nous commençons.

Quoi!..... Des hommes aussi instruits que ceux
dont vous nous parlez dans votre livre, trouveraient
des difficultés à frapper d'un impôt la fortune mobilière, les actions? Je ne le crois point, moi, pauvre
fermier. Si trois ou quatre de nous, avions le moyen
et le courage, d'aller vous dire nos raisons jusqu'à
Paris, nous vous indiquerions bien comment il con-
vient de faire, et de faire promptement. Je dis
promptement, car il ne faut point attendre que le
malade soit à l'agonie pour lui porter secours. Les
récoltes ont été mauvaises pendant ces dernières
années, dégrever un peu la terre serait encourager
le laboureur. Et, songez-y, Monsieur, c'est aux
champs que se trouve la pépinière de ces incom-
parables soldats qui sont allés en Crimée acquérir
de la gloire pour la France! C'est de nos familles
que partent ces enfants, qui supportent tout pour
l'honneur du pays. C'est de là que sont parties

toutes ces armées qui ont si fièrement vaincu l'Europe, et c'est encore là qu'au moment du danger on retrouverait la force vive de la France. En dehors des sentiments d'équité, il y a donc encore une raison politique, nationale, patriotique, qui doit parler en faveur de ces populations robustes, infatigables, dures à la peine. Elles seraient bien vite anéanties si la misère continuait, et si l'émigration des campagnes pour la ville progressait toujours.

Je sais bien qu'il y a des gens qui disent : Mais quand on achète la terre, on en connaît les charges et on paye en proportion. Cet argument est faux de tous points. Depuis le morcellement des propriétés, le laboureur n'a pas de plus grande ambition que celle de posséder une maison à lui, pour loger sa famille, si on peut appeler maisons ces huttes, et un champ à lui pour avoir du pain. Il achète toujours la terre au-dessus de sa valeur, il s'épuise pour la faire valoir, il paye petit à petit ; mais les intérêts, les impôts courent toujours, et le plus souvent n'ayant pu payer, il est dépossédé. Demandez, plutôt, aux notaires des campagnes, et vous verrez ce qu'ils vous répondront.

Les libéraux de la ville ne cessent pas de répéter que le morcellement des propriétés est un bienfait. Ah ! Monsieur, si une pareille question n'exigeait un développement au-dessus de mes facultés, je voudrais vous prouver, clair comme le jour, et comme un beau jour d'été, qu'on se trompe! C'est par des chiffres et la statistique à la main qu'on pourrait prouver l'erreur. Mais les chiffres, on ne les lit point; la statistique, c'est aride, sec, ennuyeux, et à Paris, à peine a-t-on le temps de lire ce qui amuse!

Voyez donc la position du fermier et du laboureur en Angleterre! Mieux encore, voyez leur position en Lombardie! Ce sont deux pays fertiles, mais nous avons beaucoup de terres aussi bonnes en France; voyez si la condition du laboureur anglais ou lombard n'est pas préférable à celle du laboureur français? Cependant les impôts ne manquent pas dans ces deux pays, surtout dans le premier, car là on va plus loin que je ne voudrais aller; on impose même la rente sur l'État, on impose le bénéfice, le gain, le luxe...

Je vous parlerai de tout cela dans une autre lettre, celle-ci est déjà assez longue; Mère-grand trouve cependant que je ne vous ai pas dit la moitié de ce qu'elle voulait vous mander. Moi, Monsieur, j'écris pour tâcher d'apporter à l'œuvre commune mon contingent d'expérience; j'écris pour vous et non pour le public; j'écris malgré moi, sans vanité et sans prétention, le plus simplement possible, mû par un sentiment réel d'humanité.

Notre-Seigneur choisit ses apôtres parmi les infimes des infimes, sans éloquence, sans éducation, sans richesse. Ils partirent, prêchant la parole divine, et la vérité s'est fait jour comme toutes les vérités. Elle a été arrosée du sang divin, mais elle a fécondé et régénéré le monde.

Il en est ainsi de toutes les idées saines et justes. Le plus humble des apôtres ne doit pas se taire, parce qu'il se dit : **Mon cri sera comme le cri du sage dans le désert :** il doit parler quand il croit de son devoir de parler. Ainsi vous avez fait, vous, Monsieur... Mais à la ville, vous avez des idées plus ambitieuses ; vous autres écrivains vous êtes une légion de petits Tacite, préparant des documents pour les Illustres qui viendront plus tard les recueillir pour en former l'histoire de notre temps.

Ma prochaine lettre renfermera quelques mots sur la caisse de la boulangerie, et au sujet de la loi sur les impôts des chevaux et voitures, dont le retrait de la part du gouvernement semble vous avoir fait pousser des cris d'allégresse.

Était-il donc si impopulaire, cet impôt?

Je termine par cette interrogation, en posant une question tout comme vous, Monsieur Véron. Il faut en tout imiter les grands maîtres ; mais quand vous vous demandez : *Où en sommes-nous ?* dès la première page de votre livre, vous nous leurrez fort.

Vous nous faites lire les trois cent soixante et onze pages, espérant toujours trouver la réponse à cette question.

Réponse qui n'arrive point.

Pourquoi donc poser le problème, si vous ne vouliez pas le résoudre? Nous, Monsieur, je dis nous pour grand'mère et moi, nous vous répondrons sur l'impôt des voitures, et nous vous parlerons de bien d'autres choses encore!

Vous demandez où nous en sommes?

NOUS! nous vous dirons où nous devrions en être.

Je suis, Monsieur Véron, avec tout le respect que je vous dois,

Votre très-humble et obéissant serviteur,

GROS-JEAN MATHIEU,

Fermier aux Trois-Couronnes, près VERNON.

Paris. Typographie Henri Plon, rue Garancière, 8.

www.ingramcontent.com/pod-product-compliance
Lightning Source LLC
LaVergne TN
LVHW050349030726
842520LV00005B/2017